MW01137302

Colección Transparente

Editorial

Cazam Ah

Editorial Cazam Ah
www.cazamah.com
info@cazamah.com
(502) + 22517770
15 calle 9-18 zona 1, Guatemala
Guatemala, Centroamérica

La colección Transparente presenta al público obras literarias del canon clásico completas y de trama fiel al original, pero adaptadas al español moderno para facilitar la comprensión del lector del siglo XXI. Cada libro de la colección incluye una breve evaluación de comprensión lectora en línea que aborda las competencias interpretativa, argumentativa y propositiva.

Equipo: Pedro Calderón de la Barca (autor), Javier Martínez (director de la colección), Stephanie Burckhard (adaptadora), Luis Villacinda (diseño de portada), Gladys Claudio (diagramación), imágenes de: www.pixabay.com y http://www.vecteezy.com /Nightwolfdezines & Camellie

Editorial Cazam Ah
Guatemala, 2016
Impreso en Guatemala
ISBN: 9781697670707

Pedro Calderón de la Barca

(Adaptación de Stephanie Burckhard)

La vida es sueño

www.cazamah.com

Índice

Primer día

[La escena se ubica en las montañas de Polonia. Aparece Rosaura vestida como hombre y está bajando de la montaña mientras habla.]

Rosaura.—Animal mítico, Hipogrifo, mezcla de caballo, águila y león que corre tan rápido como el viento, ¿dónde corres, te arrastras y saltas, desbocado, como rayo sin fuego, pájaro sin color o pez sin escamas? ¡Quédate aquí en este monte, donde los brutos tienen a su líder, que yo, despeinada y sin más ley que el destino, me iré!

[De repente sale Clarín, quien luce contento.]

Clarín.—No digas que te irás ni creas que eres la única que tiene como ley al destino, como si yo no estuviera aquí. Los dos nos retiramos de nuestro país de origen en busca de aventuras. Nos ha pasado de todo, desde desgracias hasta alegrías y hasta aquí hemos llegado. Ambos hemos vagado por los montes, ¿no merezco yo también ser parte de esta tristeza que cargas?

Rosaura.—Clarín, no quiero que te desveles por mis penas. Un filósofo dijo una vez que quien busca la desdicha termina por quejarse y sentirse infeliz.

Clarín.—¡Yo no le voy a hacer caso a ningún filósofo barbudo! ¡Deberían darle una buena bofetada! Ahora dime, Rosaura, ¿qué hacemos aquí solos, cerca del anochecer, en esta montaña desierta?

Rosaura.—¿Qué es eso que veo? ¿Será producto de mi imaginación? Todo esto es muy extraño, pues con poca luz puedo ver un edificio.

Clarín.—¡No lo puedo creer!

Rosaura.—Sí, está muy bien escondido entre rocas y plantas. Apenas si le ha de llegar luz del sol a esa construcción tan rústica.

Clarín.—Bueno, dejemos de observar y caminemos hacia ella. Quizás viva alguien en ese castillo y nos permita pasar ahí la noche.

Rosaura.—La puerta está abierta. Está tan oscuro que pareciera que de aquí brota la noche.

[Mientras se acercan caminando comienza a escucharse un ruido de cadenas.]

Clarín.—¿Escuchas eso?

Rosaura.—¡Me muero de miedo!

Clarín.—¿Son cadenas las que escucho? ¡Me muero si no es un preso, tengo mucho miedo!

[Desde adentro se escucha la voz de Segismundo.]

Segismundo.—¡Ay de mí! ¡Pobre de mí!

Rosaura.—¡Pero qué triste se escucha! Ahora hasta las penas de otro tengo que escuchar.

Clarín.—Agregaré un nuevo miedo en mi vida.

Rosaura.—¿Clarín?

Clarín.—¿Señora?

Rosaura.—Creo que es mejor si nos vamos de este edificio encantado.

Clarín.—Yo vine a conocer este castillo así que aún no tengo ganas de irme.

Rosaura.—Veo una luz débil como si fuera una pequeña estrella. Hace que la oscura habitación luzca más aterradora. La luz me permite ver una oscura prisión, entierro vivo para los prisioneros. Esa luz ha de ser la única compañía del prisionero. No huyamos y escuchemos qué tiene que decir, cuáles son sus desgracias.

[Segismundo se acerca a la luz. Está encadenado y cubierto con pieles.]

Segismundo.—¡Pobre de mí! ¿Por qué me castigan de esta manera? Prefiero morir a pasar mis días en este encierro. ¡¿Es acaso un crimen nacer en este mundo?! ¿Pero por qué lo pregunto? Si es así, el mayor delito del ser humano es nacer. Pero eso ya lo sé. Quiero saber qué más he hecho para terminar aquí encerrado. ¿Por qué he ganado este castigo? ¿Acaso los demás seres humanos no han nacido también? ¿Tienen alguna ventaja que los hace librarse de estas cadenas? Nace un pájaro y, siendo aún pequeño con sus cortas alas ya comienza a olvidar qué es el perdón, deja el nido de un día a otro pero yo, que tengo más alma que ese pequeño pájaro, estoy aquí encerrado. Nace un ignorante con el destino marcado y es la vida misma quien le enseña a comportarse como un necio, pero aquí estoy yo, que tengo mejores impulsos, encerrado. Un pez moribundo que aún tiene oportunidad de respirar, decide quedarse frío, pero yo estoy aquí, que tengo más fuerza de voluntad. Nace el río que, como serpiente plateada, se arrastra entre las flores mientras las celebra como un músico, pero yo, que tengo más vida me encuentro aquí encerrado. ¡Siento un volcán en mi pecho, como si quisiera arrojar pedazos del corazón por todas partes! ¿Qué clase de ley natural le ha dado bienestar a un pájaro, a un necio, a un pez y al río, pero nada a mí?

Rosaura.—Ahora que lo escucho siento miedo y lástima por esta pobre alma.

Segismundo.—¿Quién me escuchó hablar? ¿Fue acaso Clotaldo?

Clarín.—¡Dile que sí!

Rosaura.—Es alguien triste que escucha tus lamentos a través de estas paredes frías.

Segismundo.—Entonces tendré que matarte porque ahora ya sabes de mi existencia. Ahora que me has escuchado, te voy a aplastar con mis brazos.

Clarín.—Yo no he podido escuchar nada porque soy sordo.

Rosaura.—Si realmente eres un ser humano me dejarás libre.

Segismundo.—Tu voz y tu presencia me tranquilizan, pero tu respeto me confunde. ¿Quién eres? Yo no sé mucho del mundo de allá afuera. Aquí nací (si a esto se le llama nacer). De una vez te digo que estás parado en un lugar donde sólo verás a un muerto vivo, donde todo está desierto. Durante toda mi vida sólo he visto y conversado con un hombre, un hombre que siente lástima por esta alma abandonada. Me trae noticias de allá afuera. Por él me entero de qué es el cielo y qué es la tierra. Quizás me juzgues por comportarme como un monstruo o puede que te asombres o hasta que te ilusiones de quién soy entre los hombres y entre las bestias. A pesar de haber estado aquí encerrado entre tanta miseria, he aprendido a estudiar a las aves, a los astros y sus estrellas. Me la he pasado estudiando hasta que tú apareciste para interrumpir mi enojo, para que pueda abrir mis ojos y pueda despertar mi oído.

Te veo una y otra vez y me sigo maravillando de tu existencia, quiero verte más y más. Mis ojos están sedientos, porque ahora se sienten dichosos y se siguen muriendo por ver. También tengo miedo porque si te sigo viendo me puedo morir. ¿Pero si te dejara de ver? Moriría enojado y con un gran dolor. Aquí está el miedo dándome vida, ya no me siento tan desdichado y me siento más cerca de la muerte.

Rosaura.—Yo también me siento asombrado de haberte encontrado. No se me ocurre qué decir, mucho menos qué preguntar. Lo que sí sé es que el día me ha enviado a este lugar para que pueda darte ánimos. ¡Vaya destino este el de dar ánimos a alguien más desdichado que yo! Conozco la historia de un pobre sabio que comía sólo yerbas. Mientras comía se preguntaba si habría alguien más pobre y más triste que él. No había terminado de preguntárselo cuando vio hacia atrás y encontró a otro sabio recogiendo las yerbas que él iba tirando.

Me quejaba tanto de la vida y de la suerte de otros que me pregunté a mí mismo: ¿existe alguien que sufra más que yo? Y tú eres mi respuesta porque ahora, entre mis penas, debo buscar algo que te suba el ánimo. Debe ser una pena que tú la veas como si fuera felicidad.

[Se escucha a Clotaldo.]

Clotaldo.—¡Guardias! ¡Son unos inútiles! ¿Quién ha dejado entrar a estas dos personas?

Rosaura.—¿Qué fue eso?

Segismundo.—Para empeorar el asunto, ahora viene quien me tiene prisionero.

Clotaldo.—¡Vayan por ellos! No dejen que se defiendan, atrápenlos o mátenlos.

Todos.—¡Traición!

Clarín.—Guardias, me entrego a ustedes. No tengo otra opción.

[Aparece Clotaldo con los soldados. Todos están con la cabeza cubierta.]

Clotaldo.—Procuren mantenerse con la cabeza cubierta. Aquí nadie puede descubrir quiénes somos.

Clarín.—¿Están todos enmascarados?

Clotaldo.—¡¿Han venido aquí sin saber que el rey ha ordenado que nadie se aparezca en este lugar?! ¡Ríndanse ahora o prepárense para recibir el fuego de estas armas!

Segismundo.—¡Antes muerto que permitir que me insultes o hieras, tirano! ¡Por Dios te juro que antes de que logres ultrajarme, me daré muerte con mis propias manos y dientes entre estas piedras!

Clotaldo.—Deja de presumir, Segismundo. Tú, antes de nacer, ya habías muerto y esta prisión retiene tu ira. ¡Cierren las puertas!

[Siguen las órdenes de Clotaldo y le cierran la puerta a Segismundo. Segismundo habla desde adentro.]

Segismundo.—¡Ah, qué bien hacen en encerrarme y quitarme de nuevo la libertad porque, de lo contrario, haría hasta lo imposible por vencerlos!

Clotaldo.—Porque no puedes hacerlo sufres ahora en esta celda.

Rosaura.—Ya veo que mi soberbia te ofende; sería una ignorante si no te rogara ahora, humildemente, por mi vida que tienes en las manos. ¡Ten piedad de mí, que serías demasiado insensible si ni la soberbia ni la humildad tuvieran efecto en tu corazón!

Clarín.—El mundo es movido por la humildad o la soberbia, espero que pase lo mismo contigo. Aunque yo no soy ni uno ni lo otro, vivo en el medio. Aún así, te pido que nos ayudes.

Clotaldo.—¡Soldados!

Soldados.—Señor…

Clotaldo.—Busquen a esos dos desconocidos y asegúrese de quitarles las armas. Luego cúbranles los ojos para que no vean cómo salir de este lugar.

Rosaura.—Tomen mi espada, que no sirve de nada.

Clarín.—¡No digamos la mía que se le puede entregar al más despreciable! Vengan y tomen mi espada.

Rosaura.—Si me muero quiero entregar esta espada que me acompaña. Veníamos a Polonia para vengarnos de mi desgracia. ¡Quién sabe qué

tanto la quería su dueño! ¡Quién sabe qué secretos esconde!

Clotaldo.—[Habla solo mientras mira la espada de
Rosaura.] ¡Momento! ¿Qué es lo que dice?
¡Ahora sí me he preocupado! Mis preocupacio-
nes son cada vez más, no digamos mis angus-
tias y tristezas. [A Rosaura] ¿Quién te entregó
esta espada?

Rosaura.—Fue una mujer.

Clotaldo.—¿Cuál es su nombre?

Rosaura.—No debo decir quién es, pues es muy
poderosa.

Clotaldo.—¿Qué intentas decir? ¿Sabes qué secretos
esconde esta espada?

Rosaura.—Cuando me la entregaron me dijeron que
viniera a Polonia; que utilizara mi astucia, mi
conocimiento y mi arte para encontrar a los
más importantes porque ellos, al verla, me ayu-
darían. No quiero ni recordar a quién me dijo
eso, solo espero que aún no haya muerto.

Clotaldo.—[Habla consigo mismo.] ¡No puedo creer
lo que escucho! No sé si lo que está suce-
diendo es real o una alucinación. Es la misma
espada que le entregué a la hermosa Violante
en los tiempos en que estábamos enamorados.
¿Ahora qué voy a hacer? No entiendo por qué
la trae alguien que ya está sentenciado a muerte. ¡Qué triste este destino! ¡Esta suerte es tan
débil! Tengo a mi hijo enfrente, me lo dice el
corazón y las señales son claras. Lo escucho

y veo cómo está sufriendo. ¿Qué hago ahora? Si lo llevo al rey, es llevarlo a la muerte. No puedo esconderlo del rey porque tengo una ley qué cumplir. Pero me encuentro en un dilema, porque siento amor de padre y al mismo tiempo lealtad ante el rey. ¿Por qué tengo dudas? Si la vida debe ser prioridad y no el honor. Mi hijo dice que viene a vengarse porque lo han dañado. La persona que reciba ese daño bien merecido lo tiene por su maldad. Pero no es mi hijo, yo no lo he reconocido y, por lo tanto, no cuenta con sangre noble. Pero no puedo ignorar lo que he escuchado, mi hijo peligra y no se ha vengado. ¡El honor es tan débil, con cualquier acción desaparece! Se ha arriesgado en venir hasta aquí. Reconozco que es mi hijo, pues es valiente y todavía me pregunto si debería entregarlo al rey. ¿Y si le digo que es mi hijo y que no lo mate? También podría ayudarlo a vengarse, pero me da miedo que el rey se entere y le dé muerte sin que sepa que yo soy su padre. [Ahora se dirige a los extranjeros.] Vengan, jóvenes, ya no se asusten porque les haré compañía en sus desgracias ya sea las de la vida o las de la muerte.

[Se retiran todos. Más adelante aparecen en el palacio del rey. Aparece Astolfo acompañado de soldados y, del otro lado, sale Estrella con sus damas. Se escucha música.]

Astolfo.—Con rayos como cometas y con música de trompeta, como cantos de aves y fuentes, te saludo, señora. Te saludo, reina del amanecer que siempre se hace acompañar por pájaros que llenan de alegría. Eres como la diosa de la sabiduría en tiempos de guerra y como la diosa de las flores en tiempos de paz. Mi alma te tiene como reina.

Estrella.—¡Ojalá las palabras fueran un reflejo de las acciones! Dices estas cosas tan hermosas, me llenas de halagos y te atreves a mentir porque estas lleno de malas intenciones.

Astolfo.—Creo que te han informado mal para que tengas esa imagen de mi persona. Estrella, si dudas de mis palabras, dime: ¿quién te ha hecho creer lo contrario? Aunque sospecho cuáles son tus razones para desconfiar de mí... Murió el rey de Polonia, Eustorgio Tercero, ahora Basilio es el rey. Sus hermanas son tu madre Clorilene y mi madre Recisunda, quien se casó en Moscú. A Basilio, el rey, le gusta más estudiar que salir con mujeres, ya es viudo y sin hijos. Así que somos nosotros dos quienes pelearemos por el trono. Te molesta que seas hija de la hermana mayor y que yo sea el hijo de la hermana menor; además, soy el favorito para el puesto de rey por ser hombre. Nuestro tío ya arregló nuestro destino, aunque no nos haya dicho quién será el que se quede con el trono. Pero ya tienes tus sospechas.

Salí de Moscú con la intención de no declararle la guerra a Basilio, pero ahora tú me la declaras a mí. Que hoy se decida, sea porque lo decidió el pueblo o los adivinos, y si terminas reina que sea por las buenas. ¡Para más honor que nuestro tío te dé la corona, que tu valor te dé triunfos y que mi amor se rinda a tus pies!

Estrella.—A tanta galantería mi pecho responde igual, pues la corona solo la quisiera para entregártela. Además, mi amor por tí está insatisfecho pues eres un ingrato: ya que veo colgar de tu pecho el retrato de otra mujer.

Astolfo.—Trato de satisfacerte diciendo la verdad. Escucha, el rey se acerca junto a su parlamento.

[Suenan trompetas y el rey Basilio, ya anciano, sale acompañado.]

Estrella.—Sabio como los de la Grecia antigua...

Astolfo.—Docto como el matemático griego Euclides...

Estrella.—...que entre signos...

Astolfo.—…que entre estrellas…

Estrella.—...hoy gobiernas…

Astolfo.—…hoy resides…

Estrella.—...y sus caminos…

Astolfo.—…sus huellas…

Estrella.—...describes…

Astolfo.—…tasas y mides…

Estrella.—... deja que en humildes lazos…

Astolfo.—...deja que en tiernos abrazos…

Estrella.—...hiedra de este tronco sea.

Astolfo.—...rendido a tus pies me vea.

Basilio.—¡Sobrinos, vengan y denme un abrazo! Los quiero tanto porque son tan leales a mi reino, los quiero a ambos por igual. Les pido que en este momento hagan silencio y escuchen bien lo que voy a decir. Como han de saber (escuchen sobrinos amados, corte ilustre de Polonia, subordinados, familiares y amigos) ustedes saben que todos me conocen como un gran sabio, me conocen como el Gran Basilio. Lo que más amo en el mundo son las ciencias, mi tiempo y mi vida entera se la dedico a las matemáticas. Cada día aprendo tanto de las nuevas teorías, de los siglos que se vienen y quiero ganarle al tiempo y seguir vivo para seguir contando la historia del conocimiento.

Estos últimos años me he dedicado a estudiar por qué se forman círculos en la nieve o cómo las brillantes estrellas rigen la astrología. Los libros son diamantes y los cuadernos, zafiros; en ambos escribo con líneas de oro, en idiomas y en símbolos, nuestra historia, lo que existe debajo de este cielo en las buenas y en las malas. Leo todos los libros lo más rápido que puedo, trato que mi espíritu sea rápido como sus movimientos y sus caminos. ¡Hubiera dado

mi vida por aparecer entre los comentarios
o por haber sido registrado en un libro y aún
existen infelices que creen que los méritos se
ganan por usar cuchillos y hacen de menos el
conocimiento!

Tuve un hijo con mi esposa Clorilene, pero el
mundo lo tuvo por muy poco tiempo y partió
al cielo. Me quedé sin heredero. Antes de que
ese niño viera la luz (la vida y la muerte son
tan parecidas) su madre sabía que iba a morir.
En varios sueños deliraba cómo su vientre se
deshacía. Un monstruo disfrazado de hombre
venía acompañado de la muerte. Llegó el día
en que tuvo que dar a luz, cuando las ideas y
los sueños que su madre había tenido termina-
ron por cumplirse. El niño nació cuando el sol
y la luna luchaban entre sí, la posición de los
astros no era favorable, y la astrología lo mar-
có como un ser sanguinario. Nació el mismo
día que apareció el eclipse de sol más horrible
que pudo haber existido. Ese día el cielo era
negro, tembló tan fuerte que se movieron los
monumentos, cayeron piedras del cielo como
lluvia y en los ríos corría sangre. Fue aquí, en
este planeta, donde nació Segismundo, quien
vino al mundo para matar a su madre. Desde
ese día, él supo que vino a pagar por lo que
hizo. Desde ese momento comencé a estudiar
para entender qué nos esperaba, y supe que él

sería el príncipe más cruel, el hombre más malvado del mundo. ¡El monarca más irrespetuoso que dividiría reinos! En cualquier momento aprovecharía para matarme y enterrarme para poder gobernar. ¡Con qué miedo lo recuerdo! ¿Quién no iba a creerme? ¡Más aún con pruebas directas de la astronomía y el zodiaco!

Con tantos estudios y lecturas, le creí también a los que leen el futuro. Con ayuda de sus advertencias sobre tiempos peores por venir, decidí encerrar al recién nacido para evitar que su futuro se cumpliera. Le anuncié a todos que el niño había nacido muerto e inmediatamente ordené construir una torre escondida entre las montañas y el bosque. Se construyó en un lugar donde apenas cae el sol para esconder su entrada. Ordené, con graves castigos, que nadie se acercara al lugar y a la fecha permanece así. Segismundo todavía vive en la torre, encerrado; solamente Clotaldo tiene autorizado visitarlo y hablarle. Es el único que lo ha visto para educarlo en las ciencias, en las leyes y en la religión. Solo él sabrá cuáles son las miserias que ha vivido.

Tres cosas son las que quiero decir. Primero: a Polonia la amo tanto que lo que hice fue protegerla de un rey opresor, a quién no queremos como rey porque no sabemos qué destino nos deparará. Segundo: le he quitado a mi heredero su derecho desde el nacimiento, no por caridad cristiana, sino para prever los excesos que, como tirano, hubiera podido llegar a cometer. Tercero: he pensado que es erróneo creer en la astrología, pues aunque el carácter de una persona tienda a ser de tal o cual manera, quizá logre dominarlo pues el destino, el carácter y la astrología solo inclinan a las personas pero no las fuerzan a tomar decisiones contra su voluntad.

Astolfo.—Creo que voy a hablar en nombre de todos y porque soy el más interesado. Queremos ver a Segismundo, pues basta que sea tu hijo para reclamar el trono.

Todos.—¡Que venga el príncipe! ¡Que sea el rey!

Basilio.—Le agradezco a todos que me tengan ese aprecio y cariño. Pueden retirarse a dormir que mañana será el día.

Todos.—¡Que viva el rey Basilio!

[Mientras todos se retiran aparece Clotaldo, Rosaura y Clarín, quienes detienen al rey.]

Clotaldo.—¿Puedo hablarle?

Basilio.—¡Qué bueno verte, Clotaldo! ¡Bienvenido!

Clotaldo.—Vengo aquí, a sus tierras señor, esta vez con un triste destino que rompe la felicidad de volverte a ver.

Basilio.—Pero, ¿qué sucede?

Clotaldo.—Ha pasado una tragedia, ojalá viniera a darte buenas noticias, pero no es así.

Basilio.—Continua, te escucho.

Clotaldo.—Este joven, no sé cómo lo hizo, pero entró a la torre y vio al príncipe y...

Basilio.—Tranquilo Clotaldo. Si me hubieras dicho esto hace algunos días me hubiera molestado. Pero acabo de revelar el secreto. Necesito verte más tarde para hacer arreglos necesarios para el día de mañana. Te tengo varias tareas y ya no te preocupes por lo que pasó. Los perdono.

[El rey se retira.]

Rosaura.—¡Me siento tan agradecido! Besaré tus pies.

Clarín.—Yo los voy a patear. ¡De una vez por todas te aclaro que no somos amigos!

Rosaura.—Se me ha perdonado la vida gracias a ti. Ahora te debo la vida, siempre estaré a tu disposición.

Clotaldo.—No me digas nada sobre la vida, porque no te debo nada. Tú venías a cobrar una venganza, lo menos que traías aquí era la vida misma, sino la muerte. [Hablando consigo mismo.] ¡Bien, con esto lo animo a continuar su venganza!

Rosaura.—Sí, acepto que no vengo a traer vida, pero tú me la has dado. Pero con la venganza que vengo a cobrar, sé que te deberé la mía para siempre.

Clotaldo.—Ya sólo ven a vengarte, haz lo que tengas que hacer. Llena de sangre el arma que trajiste.

Rosaura.—Por ti volveré a tomar mi espada y juro que me vengaré, aunque mi enemigo sea más poderoso.

Clotaldo.—Es lo más que puedes hacer.

Rosaura.—Así es, y no porque no confíe en tu prudencia sino porque temo que se vuelva contra mi tu piedad.

Clotaldo.—¡Antes se volvería contra mí, pues significaría no poder ayudar a tu enemigo! [se dice a él mismo] ¡Ojalá supiera quién es su enemigo!

Rosaura.—No creas que no aprecio la confianza que me tienes. Por eso te diré que es Astolfo, el duque de Moscú.

Clotaldo.—[Habla solo.] Es peor de lo que me había imaginado. Ahora quiero saber más. [Habla con Rosaura.] Si te consideras moscovita, deberías olvidar todo lo que te ha pasado para regresar a tu tierra y dejar que el tiempo cure tu enojo.

Rosaura.—Aunque él es un príncipe, me ha hecho daño.

Clotaldo.—Dime de una vez por todas que ya me estoy imaginando lo peor.

Rosaura.—Te podría contar pero aún no te tengo tanta confianza. Aunque debo decir que las cosas no son como parecen. [Se quita el disfraz

y revela que es una mujer.] Voy a tomar valor
para decirte que Astolfo vino con el interés de
casarse con Estrella, pero al hacerlo, me ha
hecho mucho daño. ¡Ya está, te lo he dicho!

[Se retiran Rosaura y Clarín.]

Clotaldo.—¡Momento! ¿Qué está pasando aquí?
Estoy tan confundido. Yo soy el que está per-
diendo el respeto y el enemigo se fortalece.
Yo, un simple sirviente; ella, mujer. No sé si
esta situación se podrá componer con tantos
problemas que nos esperan. El cielo, el mundo
entero, ya sabe lo que nos espera.

[Clotaldo se retira.]

Segundo día

[Todos se encuentran en el palacio del rey. Aparece Basilio acompañado de Clotaldo.]

Clotaldo.—Hice todo lo que me pediste.
Basilio.—Por favor, quiero que me des detalles.
Clotaldo.—De acuerdo, narraré desde el inicio. Preparamos, con el licor que enviaste, una mezcla de hierbas poderosas para dormir al hombre más fuerte y lleno de energía que pueda existir. Por un momento temíamos que estuviéramos usando las hierbas incorrectas para preparar tal mezcla pues se sabe de cada animal y de cada planta capaz de matar a un ser humano. No creíamos en tus conocimientos de medicina, pero luego nos preguntamos: ¿si existen venenos que matan, ha de haber venenos que solo produzcan sueño? Como ya habíamos actuado, dejamos de hacernos preguntas.

Cuando la bebida hizo su efecto, bajé a la cárcel donde se encontraba Segismundo, lugar donde le enseñé las letras, la naturaleza, el cielo y se las arregló para imaginarse a las aves y a toda fiera que camina por la tierra. No había ni terminado de beberse todo el licor mezclado con hierbas cuando cayó dormido. Sus brazos y sus piernas comenzaron a debilitarse y, por las venas, se miraba que sudaba frío. No sabía si había muerto o si solamente dormía. De inmediato llegaron los soldados a quienes les confiaste esta misión y se lo llevaron en un carruaje hasta tu habitación. Su Majestad ahora duerme y esperamos ser dignos de su reinado. Te hice caso con todo lo que me pediste, ahora Segismundo duerme y poco a poco irá despertando de la vida que había tenido para encontrarse en otra. Espero que me des una recompensa por haberte hecho caso y pido, pues, que esta sea aclararme una duda: ¿qué planeas con traer a Segismundo al palacio?

Basilio.—Después de todo lo que has hecho, Clotaldo, te mereces una respuesta. Sabes, desde hace mucho tiempo, que la vida de Segismundo está llena de desgracias y de tragedias. Pero quiero probarle lo contrario al destino y a las predicciones; quizás se pueda aún cambiar todo lo que se ha predicho de Segismundo, porque estoy seguro de que un ser humano puede vencer a su propio destino. Planeo decirle que es mi hijo, y quiero que utilice todo lo que ha aprendido, porque me dices que es muy talentoso. Si Segismundo demuestra ser un hombre generoso, él será quien reine. Pero si se comporta como un salvaje, tal como lo predijeron los astros, lo volveré a encerrar y a encadenar para que viva el resto de su vida en la torre.

Me vas a decir que todo esto no vale la pena, que para qué lo traje dormido. Pues bien, vino dormido por si se entera hoy que es mi hijo y mañana se comporta como el salvaje que creen que es, se le podrá decir que todo lo bueno que vio en este reino solamente fue producto de su imaginación mientras dormía en su celda. Si se le explica que todo fue un sueño, nunca se sentirá frustrado, por creer que fue real. Además, Clotaldo, debes saber que todos en este mundo vivimos lo que soñamos.

Clotaldo.—No creo que Segismundo crea que fue un sueño. Se me ocurren mil y un razones para creer que lo que has planeado no va a salir bien, pero ya lo trajimos así que no hay vuelta atrás. Me han dicho que ya despertó y que viene hacia nosotros.

Basilio.—Yo me voy a retirar. Tú, como su guía, acércate porque ha de estar bastante confundido. Dile la verdad.

Clotaldo.—¿Me estás dando permiso para que se lo diga?

Basilio.—Así es, es mejor decírselo de una vez por todas y estar preparados para lo peor.

[Basilio se va y aparece Clarín.]

Clarín.—[Habla con él mismo.] ¡Cómo me costó llegar aquí! ¡Vaya si no voy a curiosear por todos lados para enterarme de lo que sucede en este reino tan loco! ¡Qué importa si me creen un sinvergüenza!

Clotaldo.—[Se dice a él mismo.] Ahí viene Clarín, el sirviente de Rosaura... ¡Cielos, Rosaura pasó por tantas penas en Polonia por mi culpa! [Se dirige a Clarín.] ¡Hola, Clarín! ¿Cómo estás?

Clarín.—¡Señor, usted siempre tan dispuesto a apoyar a Rosaura en su venganza! Le ha aconsejado que se mezcle en el reino.

Clotaldo.—Así debe ser, no se lo sugerí para hacerle daño.

Clarín.—Se tomó muy en serio su consejo y ahora se cambió de nombre, dice ser sobrina suya y es dama en el palacio, acompaña a Estrella.

Clotaldo.—Es bien que de una vez tome su honor por mi cuenta.

Clarín.—Ella sólo espera a que con el tiempo la reconozcas.

Clotaldo.—Solo el tiempo será quien diga cuándo sucederá.

Clarín.—Ella ya está cómoda haciéndose pasar por su sobrina, la tratan como reina. Pero de mí, nadie se da cuenta, y heme aquí pasando hambre. Deberían tratarme mejor, aunque sea solo el criado sé muchas cosas que puedo decirle al rey, a Astolfo y a Estrella. Aquí puede que solo parezca un sirviente pero, como «Clarín» que soy, no puedo asegurar que vaya a quedarme callado. No sé guardar secretos con tanta facilidad.

Clotaldo.—Entiendo lo que dices. Yo voy a cuidar de ti, Clarín.

Clarín.—Segismundo ha llegado.

[Los músicos salen cantando mientras los criados visten a Segismundo. Por su parte, Segismundo sale con el rostro lleno de asombro por todo lo que ve.]

Segismundo.—¡Por todos los cielos! ¿Qué estoy viendo? Me siento espantado y no lo puedo creer. ¿Estoy en un palacio? ¿Me encuentro rodeado de hermosas telas y adornos? ¿Tengo criados? ¿Desperté en una cama? ¿Tengo a toda esta gente que me viste? ¡Esto no es un sueño! Que alguien me diga, ¿cómo he llegado hasta aquí? Sé muy bien que esto no lo puedo estar soñando. ¿Sigo siendo Segismundo? Por favor que alguien me aclare lo que me está pasando. Ya no importa, estoy listo para esta vida.

Criado 2.—Qué asombrado luce Segismundo.

Criado 1.—¿Quién no lo estaría, sobre todo si se despierta en una vida como esta?

Clarín.—A mí no me asustaría.

Criado 2.—¡Háblale!

Criado 1.—¿Desea que vuelvan a cantar?

Segismundo.—No, por ahora no quiero escucharlos de nuevo.

Criado 2.—Te cantan porque te miraban bastante asustado, quisieron tranquilizarte y hacerte sentir bien.

Segismundo.—No sé cómo sentirme bien con esas voces, en toda mi vida solo he disfrutado de la música de los militares.

Clotaldo.—Alteza, permítame ser el primero en besar su mano y poner a su disposición mi honor.

Segismundo.—[Habla para sí mismo] ¡¿Clotaldo?! ¡¿El que me gritaba en la prisión ahora me habla con respeto?! ¿A qué se debe este cambio?

Clotaldo.—Entiendo que te sientas confundido con todo lo que te está pasando hoy. Has de tener miles de preguntas y estoy dispuesto a resolverlas. Primero, vengo a decirte que eres el príncipe, heredero de Polonia. Has estado recluido por culpa de los videntes y astrólogos, quienes predijeron miles de desgracias desde el momento en el que tomaras el trono. Pero se te ha dado una segunda oportunidad, para que puedas vencer las predicciones que se hicieron sobre tu futuro. Han traído hoy, aquí al palacio, al futuro rey. Tu padre, el rey, vendrá en unos momentos y podrás hacerle todas las preguntas que desees.

Segismundo.—¿Cómo te atreves a ser un traidor? Eres malvado, ¿qué más quiero saber, si ahora que me dicen quién soy, sólo me toca demostrar lo cruel y lo poderoso que puedo ser? ¡Traicionaste a tu patria al mantenerme oculto!

¡Me has negado, contra toda ley y razón, a este
pueblo!

Clotaldo.—¡Pobre de mí!

Segismundo.—Te burlaste de las leyes de este pueblo, adulaste al rey y me trataste mal. ¡Te con-
deno a morir y seré yo quien te mate!

Criado 2.—¡Señor!

Segismundo.—¡Que nadie me detenga, cualquier
intento por detenerme será en vano, lo juro por
Dios! ¡Si alguien se atraviesa para detenerme,
terminará volando por la ventana!

Criado 1.—¡Clotaldo, sal de aquí!

Clotaldo.—¡¿Cómo te atreves?! ¡Te comportas como
un cruel sin saber que todo esto podría ser solo
un sueño!

[Clotaldo se retira]

Criado 2.—Date cuenta...

Segismundo.—¡Hazte a un lado!

Criado 2.—...Clotaldo solamente siguió las órdenes
del rey.

Segismundo.—No se puede obedecer al rey, si éste
no actúa conforme a la ley. Yo soy el príncipe
y siempre lo he sido.

Criado 2.—No tenía opción de pensar si hacía el bien
o el mal.

Segismundo.—¿Te encuentras de su lado? ¿Te pones
a defenderlo?

Clarín.—¡El príncipe tiene la razón! ¡Ustedes están mal!

Criado 1.—¿Y a ti, quién te dijo que podías hablar?

Clarín.—Yo

Segismundo.—¿Quién eres tú? [Le pregunta a Clarín.]

Clarín.—Sólo soy un curioso, el más grande que se haya conocido.

Segismundo.—Tú, aquí en mi nueva vida me has hecho muy feliz.

Clarín.—Señor, soy fiel al Segismundo de los Segismundos.

[Aparece Astolfo]

Astolfo.—¡Qué alegría! Este día es el más feliz de todos, pues el príncipe de Polonia finalmente se deja ver bajo la luz del sol. Nos alegras a todos y a todo el territorio, eres como el sol, pues también apareces de las montañas. Has salido, mejor tarde que nunca. Tu corona de laureles llegó tarde, pero durará por siempre.

Segismundo.—¡Que Dios te escuche!

Astolfo.—¡Es una lástima no haberte conocido antes! Mis disculpas, me llamo Astolfo. Soy duque de Moscú y tu primo. Somos iguales.

Segismundo.—Que Dios cuide de ti. ¿Con las palabras que he dicho demuestro poco agrado? Bueno, no hay tiempo para hacerse esas preguntas. Si en otra vida nos volvemos a ver, pediré a Dios que nos presente cuanto antes.

Criado 2.—Alteza, tenga en cuenta que nació en las montañas, con todos ha procedido así. Astolfo, señor, no sería mejor si...

Segismundo.—Reconozco que se pudo controlar y lo primero que hizo fue reconocer quién soy.

Criado 1.—Astolfo sabe mucho.

Segismundo.—Más sé yo.

Criado 2.—Leo mejor es que ambos se respeten mutuamente...

Segismundo.—¿Quién te ha dicho que hables?

[Aparece Estrella para hablar con Segismundo]

Estrella.—¡Bienvenido, Alteza! Este palacio es su hogar y todos aquí lo recibiremos siempre con mucho deseo, a pesar del engaño que ha vivido, de que su vida sea próspera, que sea reconocida el resto de siglos por venir.

Segismundo.—Ahora sí, habla. ¿Dime quién es esta hermosa mujer que está frente a mí? Es una diosa humana, que camina como si flotara por los cielos.

Clarín.—Señor, ella es su prima Estrella.

Segismundo.—¿Estrella? ¡Ella debería ser el sol! Agradezco tus felicitaciones y reconocerme como tu príncipe, futuro rey. Si esto resulta ser un sueño de un día, me encuentro satisfecho de haberte conocido. Estrella, eres un amanecer trayendo alegría. Permíteme besar tu mano.

Estrella.—¡Pero qué palabras las tuyas!

Astolfo.—[Habla para sí] ¡Si él se enamora de Estrella, estoy perdido!

Criado 2.—[Habla para sí] Astolfo ha de estar sufriendo, y lo voy a ayudar. [Se dirige a Segismundo] Señor, esa petición no la puede realizar, mucho menos con Astolfo presente.

Segismundo.—¿Tú de nuevo? No te metas en estos asuntos.

Criado 2.—Yo sólo menciono lo que todos ya saben. Además no es algo correcto.

Segismundo.—Solamente haces que me enoje otra vez. ¡Nadie aquí ha sido justo conmigo!

Criado 2.—Señor, le puedo decir que la justicia existe, y que se le debe servir y obedecer.

Segismundo.—También deberías saber que si me sigues molestando te puedo lanzar por el balcón.

Criado 2.—¡No puede hacer algo así!

Segismundo.—¿Crees que no puedo? ¡Te lo voy a demostrar!

[Segismundo toma al criado con fuerza. Todos corren detrás de él para detenerlo, pero el criado es arrojado por el balcón]

Astolfo.—¡¿Qué has hecho?!

Estrella.—¡Que alguien lo ayude!

Segismundo.—Salió volando por el balcón. Está vivo, cayó en el mar.

Astolfo.—¡Mide tus acciones, Segismundo, no seas tan violento! La diferencia entre un hombre y una fiera solo se mide por dónde habita, ya sea en un palacio o en una montaña.

Segismundo.—¡Pues ya que hablaba con tanta confianza en sí mismo, que se atenga a las consecuencias!

[Astolfo se retira y al mismo tiempo entra el rey.]

Basilio.—¿Qué está pasando aquí?

Segismundo.—Nada, solamente arrojé a un hombre por el balcón. Me comenzaba a molestar.

Clarín.—Que conste que el hombre ya sabía que es el futuro rey, y ya se le había advertido.

Basilio.—¡¿En serio?! ¿Es tu primer día y ya has acabado con la vida de un hombre?

Segismundo.—Me retó. No creyó que lo podía arrojar y gané la apuesta.

Basilio.—Qué triste, aún siendo príncipe te has comportado como decían las predicciones años atrás. Pensé que te comportarías, que habías cambiado, pero lo primero que haces es acabar con la vida de otro ser humano. ¡¿Cómo te puedo querer?! Ni un abrazo le puedo dar al hombre que utiliza, sin pensar, sus manos para asesinar. Tu naturaleza es ser asesino. Veo tus brazos y son solo un instrumento para matar. Intenté quererte, pero te tengo miedo. ¡Ojalá tuviera la energía y el valor de ahorcarte con mis propias manos!

Segismundo.—Puedo vivir sin tus abrazos, como lo he hecho toda mi vida. Tengo un padre que me odia tanto, que es riguroso solamente conmigo. Me criaste como si fuera una bestia y me tratas como si fuera un monstruo, y ahora me quieres matar. De nada me sirve que me digas que no me quieres abrazar, si nunca me has reconocido como un ser humano.

Basilio.—Si tan solo supieras que hasta al cielo y a Dios han llegado mis deseos por tratarte como tal. ¡Ojalá solo te escuchara, pero tus acciones también las he visto!

Segismundo.—No me quejaría de estas condiciones, si nunca me las hubieras dado. Me quejo, porque me arrebataste la vida. No lo haría, si jamás me la hubieras arrebatado.

Basilio.—Deberías de agradecerme porque ya no eres un preso, sino un príncipe de verdad.

Segismundo.—¡¿Agradecerte?! ¡Por tu culpa estuve preso sin razón alguna! ¡Ni aunque te mueras y me heredes como rey! Sigues siendo rey, y durante tu reinado me quistaste un derecho que se me había dado por naturaleza. Aún si llegas a morir, y yo quedo reinando, jamás podrás pagarme el tiempo que se me ha quitado encerrado en esa torre. Me quitaste la libertad, la vida y el honor. Deberías agradecerme que no cobre venganza ahora, porque aquí el que está en deuda eres tú.

Basilio.—¡¿Cómo te atreves a hablarme así?! Por lo visto, es cierto eso que decían de ti. Desde ya te advierto que te empieces a comportar y a tranquilizarte. Puede que ya todos sepan quién eres, y que tú creas que este es el lugar al que perteneces, pero todo esto puede que simplemente sea producto de tu imaginación y estés soñando.

[El rey Basilio termina de hablar y se retira.]

Segismundo.—¡¿Un sueño?! ¡No estoy soñando, todo a mi alrededor lo puedo tocar y lo siento más vivo que nunca, y sé bien quién soy! Aunque el rey se arrepienta, ya no hay vuelta atrás de la decisión que ha tomado. No podrá quitarme la corona que me pertenece desde el día en que nací. Si en algún momento me sentí triste o desdichado en esa prisión, era porque yo no sabía quién era. Pero ahora estoy seguro de que soy un hombre y una bestia a la vez.

[Rosaura aparece vestida de dama.]

Rosaura.—[Habla sola.] ¿Dónde estará Estrella? Tengo que encontrarla sin que me vea Astolfo. Clotaldo ha sido muy bondadoso conmigo; no quiere saber quién soy y aún así me da su confianza, y una vida aquí en el castillo.

Clarín.—¿Cómo ha estado tu día en este palacio? ¿Has sido testigo de todo lo que ha pasado? Dime, ¿qué fue lo mejor que te pasó en el día?

Segismundo.—No me he sorprendido mucho, ya todo lo había imaginado, pero si tuviera que elegir algo, más bien a alguien, sería la belleza de la mujer. He leído tantos libros de hombres (casi solo de esos se encuentra uno cuando estudia), pero si de algo no se habla mucho en ellos, o se entiende poco, es de la mujer. Es un cielo breve en esta tierra: el pedazo de cielo para el hombre aquí en la tierra. ¡Y ahora veo una!

Rosaura.—[Habla para sí] El príncipe está aquí, mejor me voy.

Segismundo.—¡Detente! No te vayas así de rápido. No juntes al amanecer con el atardecer, deja un poco de día para que no todo sea frío y oscuridad. Serás, sin duda, un respiro. ¿Qué veo?

Rosaura.—Lo mismo que yo.

Segismundo.—[Habla con él mismo.] Yo ya había visto su belleza antes…

Rosaura.—[Habla para sí.] A este agrandado señor, tan creído, lo he visto triste y agachado en una prisión.

Segismundo.—[Habla para sí.] ¡Encontré mi vida! [Se dirige a Rosaura.] Me encantaría saber cuál es tu nombre, bella dama. ¿Dime quién eres? Creo que te he visto antes. ¿Quién eres, hermosa mujer?

Rosaura.—[Habla para sí.] Voy a fingir que no me interesa. [Le habla a Segismundo.] Soy solo una criada de Estrella.

Segismundo.—No digas eso, mejor di que eres el sol que aviva la llama de las estrellas, una en especial. Y que gracias a tus rayos, la estrella recibe una luz especial. He visto un reino lleno de olores, de donde brotan flores muy normales, pero entre ellas una rosa, y era su reina la más hermosa. He visto entre piedras finas, salir de sus minas a un diamante, y de ese lugar encontrar al emperador más brillante.

[Aparece Clotaldo]

Clotaldo.—[Dice para sí mismo] ¡Cómo quisiera acabar con Segismundo! ¡Después de todo soy yo quién lo ha visto crecer! Pero por otra parte, ¿qué es lo que veo?

Rosaura.—Escucho tus palabras. Te respondo en silencio, porque prefiero el silencio a la abundancia de palabras vacías.

Segismundo.—¡No, espera! No te vayas. ¡¿Cómo quieres dejar esto a medias?!

Rosaura.—Le pido permiso para retirarme.

Segismundo.—Te vas así de rápido… No pides permiso… ¡Lo tomas sólo así!

Rosaura.—Lo tomo solo así porque se me está acabando la paciencia.

Segismundo.—No me importa si se te acaba la paciencia. Harás que pierda el miedo a tu belleza, y cuando se trata de retos soy muy capaz de vencerlos. Hoy lancé a un hombre por el balcón, a un hombre que no creyó que yo fuera capaz de tal hazaña. Esta vez, tampoco tendré miedo de lanzar tu honor por la ventana.

Clotaldo.—[Habla para sí] Se ve muy seguro de sí mismo. ¿Qué hago? Esta sería la segunda vez que arriesgo mi honor por algo así.

Rosaura.—No era mentira cuando dijeron que tu reino sería infeliz por tu crueldad, tus delitos, tus traiciones, por tu ira y tanta muerte. ¿Pero qué se espera de un hombre del que solo su nombre es humano? ¡Eres un atrevido, un cruel, un bárbaro que ha nacido entre las bestias!

Segismundo.—Todo lo que dices y yo solamente estaba siendo amable contigo. No te estaba obligando, pero si tú dices que soy una bestia. ¡No se hable más! ¡Váyanse todos! ¡Cierren esta puerta y que no entre nadie!

[Clarín se va]

Rosaura.—[Se dice a ella misma] Estoy muerta. [Se dirige a Segismundo] Te lo advierto...

Segismundo.—Me has dicho que soy una bestia, ya no te retractes.

42

Clotaldo.—[Aparte] —¡terrible situación! Tendré que detenerlo aunque me muera. [Le habla a Segismundo] ¡Alto!

Segismundo.—Es la segunda vez que me causas un gran enojo. Eres un viejo loco. ¿No es suficiente una vez? ¿Cómo llegaste hasta aquí?

Clotaldo.—Regresé para decirte que es mejor que te calmes, si quieres reinar. Aunque todos sepan quién eres, y aunque ya estás aquí, no quiere decir que todo esto no pueda ser más que un sueño.

Segismundo.—¡Basta! Veré si estoy soñando o si todo esto es real, cuando te mate.

[Segismundo saca su daga y Clotaldo la logra detener, luego se arrodilla.]

Clotaldo.—Espero salir vivo de aquí.

Segismundo.—¡Retira tu mano de la daga!

Clotaldo.—¡Ojalá venga alguien! ¡Voy a encargarme de detenerte!

Rosaura.—¡Oh, no!

Segismundo.—¡Suelta! Eres un viejo loco, cruel, mi enemigo. ¡Tengo que matarte!

[Segismundo y Clotaldo comienzan a pelear.]

Rosaura.—¡Alguien venga, por favor! ¡Están matando a Clotaldo!

[Rosaura sale corriendo y Astolfo llega justo cuando Clotaldo cae a sus pies. Astolfo interviene en la pelea.]

Astolfo.—¿Qué ha pasado aquí? ¿Te atreves a matar con una daga tan fina a alguien indefenso?

Segismundo.—La daga tuvo la desdicha de mancharse con esta despreciable sangre.

Astolfo.—¡Pelea conmigo!

Segismundo.—¿Te ofreces a defender a alguien que ha deshonrado a este reino? Si es así, me vengaré de todos, de mi pasado, con tu muerte.

Astolfo.— [a Clotaldo] Defenderé mi vida, no se ofenda, si me pongo en su lugar.

Clotaldo.—No, no me ofende.

[Segismundo y Astolfo sacan sus espadas, al mismo tiempo llegan el rey Basilio y Estrella]

Basilio.—¿Por qué sacan sus espadas?

Estrella.—¡Astolfo va a pelear! ¡Ay de mí!

Basilio.—¡Que alguien me explique! ¿Qué sucede?

Astolfo.—No pasa nada, pues has venido a interrumpir.

[Segismundo y Astolfo guardan sus espadas.]

Segismundo.—Te diré qué pasó. He querido matar a Clotaldo y Astolfo tomó su lugar para defenderlo.

Basilio.—¿No le tienes respeto a las canas de este hombre?

Clotaldo.—No me molesta que menciones mis canas.

Segismundo.—Por gusto tiene esas canas, aún así lo mataría para vengar la manera en la que me mantuviste encerrado.

[Segismundo se retira.]

Basilio.—Ni tiempo tendrás para vengarte, pues volverás a caer dormido, y todo esto que te pasó habrá sido solo un sueño.

[Se retira el rey Basilio junto a Clotaldo. Se quedan Estrella y Astolfo.]

Astolfo.—¿Quién iba a pensar que las predicciones serían ciertas? ¿Cuántas veces se habrán equivocado? Ojalá yo fuera capaz de predecir el futuro y anunciara qué mal nos espera, porque por lo visto nunca me equivocaría. Segismundo y yo somos prueba de esas predicciones. Se dijo que Segismundo sería alguien cruel, asesino y desdichado, y así lo es. En cuanto a mí, dijeron que conocería a una hermosa mujer, y que sería el mejor, que ganaría peleas, reconocimientos y tendría mucha riqueza, pero heme aquí sin nada.

Estrella.—Estoy segura de que hicieron la predicción correcta cuando se trató de ti. La dama que mencionas, se encuentra cerca, desde el día en que te vi. Sé que te has esforzado por quererme, pero tu corazón le pertenece a otra. No la has visto porque estabas ocupado con tu espada.

[Sale Rosaura llorando]

Rosaura.—[Se dice a ella misma] ¡Qué bueno que terminó toda esta desgracia!

Astolfo.—Yo haré que del pecho me brote la imagen de tu persona. Estrella, llegarás a alumbrar mi sombra. [Para sí mismo.] Perdóname Rosaura, mi amada.

[Se retira Astolfo.]

Rosaura.—[Habla para sí] No pude escuchar nada de lo que dijeron, por miedo a que me descubrieran.

Estrella.—¡Astrea!

Rosaura.—¿Me llama señora?

Estrella.—Qué bueno que apareces porque te diré un secreto que solamente a ti voy a confiar.

Rosaura.—Oh, señora. Puede confiar en mí.

Estrella.—Astrea, te acabo de conocer, aún así siento que te puedo confiar mi vida. Te puedo contar cualquier elemento de mi vida que muchas veces decidí callarme, incluso a mí misma.

Rosaura.—Estoy a su disposición.

Estrella.—Seré breve. Astolfo, mi primo, debe casarse conmigo y así mantener su fortuna. Con esa fortuna podrá reparar muchas desgracias que tiene en su vida. Pero desde el primer día que lo vi, noté que lleva la imagen de una dama cerca de su pecho. Como es un caballero, y muy recatado, ha decidido venir a mostrármelo. Me da mucha pena recibir tal retrato, así que te elijo a ti para que se lo recibas. Ya no te diré más, sé que sabes cómo es el amor, así que mantente discreta y así de hermosa.

[Estrella se retira.]

Rosaura.—¡Si supiera! ¿Quién podría aconsejarme en esta situación tan difícil? ¡Ojalá apareciera alguien que me ayude! ¿Será que existe alguien allá afuera con peor suerte que yo? Me siento tan confundida, no sé qué debo hacer. ¡Cómo quisiera que alguien pudiera consolarme en estos momentos! Desde el primer día que comencé a recibir malas noticias, viene una tras otra. Una mentira ha empeorado mi vida, y ahora la tapo con más mentiras, y heme aquí de desgracia en desgracia. Parecen aves Fénix que, después de prender fuego, renacen de las cenizas. Un sabio le decía cobardes a las aves porque nunca estaban solas; yo no estoy de acuerdo, son valientes porque no se detienen, siguen adelante sin voltear a ver su pasado. Quién vuele con esas aves, como siempre va con ellas, jamás perderá el valor y estará listo para cualquier sorpresa. Lo sé bien, porque nunca he caminado por el mundo sin esas aves, y las aves no se cansan de perseguirme, estarán satisfechas hasta el día de mi muerte. ¡Pobre de mí! No tengo ni idea de qué hacer. Si revelo mi verdadera identidad, Clotaldo se molestará conmigo, perderá su honor, y la confianza del rey. Me dice que espere el momento correcto para decir quién soy, pero si no digo quién soy y Astolfo me ve, ¿cómo puedo mentir? Puedo fingir que soy alguien más, pero me delatan la voz, y los ojos le mostrarán mi alma. ¿Qué debo hacer? No vale la pena que le dé mil vueltas al asunto. Lo que pase pasará, cuando llegue el momento no sabré ocultar el dolor.

[Aparece Astolfo con la imagen]

Astolfo.—Señora, traigo la imagen. ¡¿Qué veo?!

Rosaura.—¿Por qué se asusta, Alteza?

Astolfo.—¿Qué haces aquí, Rosaura?

Rosaura.—¿Rosaura? Me ha confundido con otra mujer, yo me llamo Astrea.

Astolfo.—Rosaura, sé quién eres. Deja de mentir, porque te puedo ver como Astrea, pero es a Rosaura a quien quiero.

Rosaura.—No sé de qué habla, Alteza. Yo sólo sé que Estrella me envió aquí para recibir la imagen que trae (él sabe muy bien quién soy) para que yo misma se la entregue. Yo solamente sigo las órdenes de Estrella.

Astolfo.—¡Por más que te esfuerces, Rosaura, no me puedes engañar! Me lo dicen tus ojos y el sonido de tu voz. Es imposible no reconocer esa hermosa voz que tienes; ni aunque intentes cambiar su tono, dejarás de ser Rosaura. Puedes mentirme, pero sé que por dentro me quieres con la verdad.

Rosaura.—Sigo esperando la imagen.

Astolfo.—De acuerdo, seguiré tu mentira y te voy a responder, Astrea. Puedes decirle a Estrella que le entrego, con tu ayuda, la imagen original de ti misma. Ve y entrégale tu rostro.

Rosaura.—Qué valiente eres al enviarme a mí en persona, en lugar de la imagen. Pero no importa, si llevo el retrato o si me presento personalmente, de todas maneras regresaré triste. Así que, Alteza, necesito la imagen porque sin ella no regreso.

Astolfo.—¿Cómo que no le vas a llevar tu rostro?

Rosaura.—¡Dámelo, ingrato!

Astolfo.—De nada sirve.

Rosaura.—¡Me lo vas a dar!

Astolfo.—Deja de gritar. Estás muy alterada.

Rosaura.—Tú, que no cooperas.

Astolfo.—No sigas, Rosaura mía.

Rosaura.—¿Tuya? ¡Mentira, eres un cruel!

[Aparece Estrella.]

Estrella.—¡¿Qué está pasando?!

Astolfo.—[Para sí] ¡Apareció Estrella!

Rosaura.—[Habla aparte.] Que me dé el retrato y así terminamos el asunto de una vez por todas. [Le habla a Estrella.] Señora, si quiere saber qué está pasando, yo se lo diré de una vez.

Astolfo.—¿Qué haces?

Rosaura.—Señora, me envió aquí para esperar a Astolfo y recibir la imagen que pidió. Mientras esperaba, como se me habló de imágenes, recordé que yo tenía una mía en la manga. Para hacer tiempo me puse a observar mi imagen. Cuando Astolfo vino, me asusté y se cayó mi retrato al suelo. Astolfo, traía su imagen pero recogió la mía con la intención de darle esa a usted, en lugar del suyo. Me molesté y por eso comencé a gritar. El que tiene en la mano es el mío, ¿ve? Soy yo.

Estrella.—Suelta la imagen, Astolfo.

[Estrella le quita la imagen de Rosaura.]

Astolfo.—Señora…

Estrella.—¡Es cierto!

Rosaura.—¿Ve que soy yo?

Estrella.—Sin duda.

Rosaura.—Ahora pídele el verdadero.

Estrella.—Toma tu retrato, te puedes ir.

Rosaura.—[Habla con ella misma] ¡Ya tengo lo que quería, ahora que Astolfo se las arregle!

[Se retira Rosaura.]

Estrella.—Astolfo, entrégame la imagen que te pedí.
No te quiero volver a ver ni a hablar, pero antes quiero saber quién es, porque te lo he pedi-
do varias veces.
Astolfo.—[Habla para sí] ¿Ahora cómo me salgo
de este gran problema? [Le habla a Estrella]
Quisiera entregarte la imagen, Estrella. Quiero
ser honesto contigo y obedecer a lo que me
pides, pero no puedo darte la imagen porque…
Estrella.—¡Eres un malvado y me engañas! Ya no
quiero que me entregues la imagen, pero quiero que recuerdes bien este preciso momento.

[Se va Estrella.]

Astolfo.—¡No te vayas! ¡Necesito que me escuches!
¡Ay, Rosaura! ¿Cómo lograste venir a Polonia,
hoy, aquí? ¡Has venido a perderme, y yo te he
perdido!

[Astolfo se retira.]

En la torre de Segismundo

[Segismundo aparece en su celda, arropado con pieles y encadenado. Su celda sigue sucia. Clotaldo, Clarín y dos criados salen.]

Clotaldo.—¡Regresen a Segismundo a su celda! Su día empezó aquí y terminará aquí por ser tan violento.

Criado 1.—Le pondré la cadena tal y como estaba antes.

Clarín.—Todavía no despiertes, Segismundo. No estoy listo para ver cómo acabas de perder la oportunidad de tu vida. La gloria es ahora solo una sombra en la vida y arde en llamas en la muerte.

Clotaldo.—¡Encierren a Clarín en este mismo lugar porque sabe demasiado!

Clarín.—¡¿Por qué?!

Clotaldo.—Porque quién sepa de este lugar, no puede salir. ¡Quién sabe qué secretos has de decir allá afuera!

Clarín.—¡¿Acaso fui yo quien mandó a matar a su padre?! ¡No! ¿Lancé a un hombre por el balcón? ¡Si apenas puedo con mi propio peso! ¡¿Por qué me encierran?!

Clotaldo.—Por ser Clarín.

Clarín.—¡Me iré lejos, tan rápido como pueda y viviré en el silencio!

[Se llevan a Clarín y entra el rey Basilio disfrazado.]

Basilio.—¿Clotaldo, dónde estás?

Clotaldo.—Su majestad, ¿es usted?

Basilio.—Sí, soy yo. No podía contenerme, y quería saber cómo vive Segismundo.

Clotaldo.—Vea por usted mismo. Está aquí, tirado.

Basilio.—Pobre príncipe! Qué mal verlo aquí en la desgracia. Se está moviendo, pero luce débil después de todo el opio que tomó.

Clotaldo.—Se mueve y está hablando, parece que sueña.

Basilio.—¿Qué soñará?

Segismundo.—[Habla mientras sigue durmiendo] Como príncipe, lo único que hago es castigar a Clotaldo por ser un mal hombre. ¡Qué muera mientras mi padre me besa los pies!

Clotaldo.—¡Sigue pensando en matarme!

Basilio.—¡Quiere que me rebaje a tales actos!

Clotaldo.—¡Parece que lucha en sus sueños, y quiere quitarme la vida!

Basilio.—¿Quiere que bese sus pies?

Segismundo.—[Sigue hablando dormido] Que todos sepan lo que hice, para que sepan que fue con valor y como venganza por la vida que me dieron. Todos sabrán que he castigado al rey y me aplaudirán a mí, el príncipe Segismundo.

[Segismundo se despierta.]

Segismundo.—¡Oh! ¿Dónde estoy?

Basilio.—Que no me vea, tú sabes lo que le debes decir, y yo lo escucharé.

[El rey Basilio se esconde.]

Segismundo.—¿De nuevo aquí? ¿Estoy preso? ¿Es esta la torre donde había vivido? ¡Sí! ¿Qué, acaso todo fue un sueño?

Clotaldo.—[Habla aparte] Ahora me toca seguir con el engaño.

Segismundo.—¿Estoy soñando? ¿Acabo de despertar?

Clotaldo.—¡Despierta! Llevas todo el día dormido. Viste cómo volaba el águila y luego yo me fui. ¿Es que acaso desde entonces te quedaste dormido?

Segismundo.—No. En estos momentos estoy soñando. Estuve despierto todo el tiempo porque pude tocar y sentir todo lo que miraba a mí alrededor. ¡No se me puede engañar con tanta facilidad! Aunque si también puedo ver con claridad este sueño, puede que sueñe estando despierto...

Clotaldo.—¿Qué fue lo que soñaste?

Segismundo.—Lo que supuestamente soñé, bueno, mejor dicho, lo que vi. Cuando desperté, me vi (¡¿qué maldad es esta?!) en una cama colorida, llena de flores de colores vivos como en la primavera. Miles de sirvientes, dispuestos a ayudarme, me llamaban príncipe; me vistieron y me llenaron de joyas. Estaba desubicado y luego entraste y me dijiste que yo era el príncipe de Polonia.

Clotaldo.—¡Qué buena noticia!

Segismundo.—¡¿Buena?! Para nada, porque eras un traidor de la ley, y te maté dos veces.

Clotaldo.—¿A mí? ¿Dos veces? ¿Así de cruel fuiste?

Segismundo.—Era el señor de todos los habitantes, y cobraba mi venganza con cada hombre que me hacía daño. Con todos, excepto una mujer que amaba… la amé de verdad. Ya no sé. No sé si se acabó, pero yo haré que no se acabe.

[El rey Basilio se va de la Torre.]

Clotaldo.—[Habla aparte] Estoy seguro que el rey se fue asustado por escuchar lo que Segismundo decía. [Le habla a Segismundo] Creo que el águila te hizo tener esos sueños. Aunque sé que realmente has soñado con honrar a tu padre, a quién le ha costado mantenerte. Segismundo, aún cuando sueñes, no dejes de hacer el bien.

[Se retira Clotaldo.]

Segismundo.—Tiene razón, debería sentirme tranquilo y alejar estos sentimientos de odio. Debo dejar de sentirme lleno de furia y de sed de poder. Quizás otra vez sueñe, estoy seguro de que volveré a tener sueños, porque el mundo es tan especial, que estar vivo es un sueño en sí mismo.] Ya tuve una experiencia y he aprendido que si vivo, sueño quién soy, hasta despertar. Si un rey sueña que es rey, así es como vivirá mandando, poniendo leyes y tomando decisiones, pero todo lo que vive es sólo un préstamo de la muerte. ¿De qué sirve que reine, si sabe que despertará justo en el momento en el que lo visite la muerte? El rico sueña que tiene dinero, el pobre sueña con sus miserias, el que finge, el que hace daño. Todos, ¡el mundo entero!, sueñan lo que son, sin entender que soñaron. Sueño que estoy en esta prisión y soñé que estuve en un palacio donde hablaba de más.] ¿Qué es la vida? Algo impredecible. ¿Qué es la vida? Una esperanza, la oscuridad o la imaginación. Y no importa qué se sueñe o qué ser humano sea. La vida entera es un sueño, y los sueños, son sueños.]

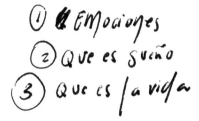

① las Emociones
② Que es sueño
③ Que es la vida

Tercer día

[Aparece Clarín, quien está encerrado en la torre de Segismundo.]

Clarín.—Me encuentro preso en esta gran torre por saber que Segismundo es príncipe. ¿Qué harían conmigo si me preguntan algo que ignoro? ¡Todo por un hombre tan ambicioso! ¡Si otro ser humano sintiera lástima por mí! ¡Ah, pero como saben que soy un «Clarín» y que nunca me puedo quedar callado…! ¿Qué ser humano me podría ver, si ahora me encuentro rodeado de arañas y de ratones? ¡Afuera hay pájaros! ¡Puedo ver sus colores y escuchar sus bellos cantos! No he comido en todo el día y la cabeza me duele, escucho sonidos agudos que vienen y van. Afuera se han de desmayar por ver sangre y yo aquí, por no comer. Ni como, como el nombre del filósofo Nicomedes: ¡vaya cercanía a la filosofía! Por las noches, lo más cerca que voy a estar de un filósofo será por Niceno. ¡No estaría aquí, si me hubiera callado como los otros criados!

[Afuera de la celda se escuchan armas y personas hablando.]

Soldado 1.—¡Aquí está la torre! ¡Tiren la puerta y entren!

Clarín.—¿Qué escucho? ¿Me vienen a buscar?

[Entra un grupo de soldados.]

Soldado 1.—Entren a registrar.

Soldado 2.—¡Lo encontré!

Clarín.—¡No!

Todos.—Señor…

Clarín [Habla con él mismo] —¿Será que vienen ebrios?

Soldado 2.—¡Viva el príncipe!

Clarín.—[Habla con él mismo] ¡¿Es en serio?! ¡Qué costumbres las de este reino! Un día le dicen príncipe, al otro día lo meten a la torre y al otro día le dicen príncipe a otro prisionero.

Todos.—Danos las plantas de tus pies para besarlas…

Clarín.—Si lo hago no podría, ya siendo príncipe, andar desplantado.

Soldado 2.—Le hemos dicho a tu padre que tú eres el verdadero príncipe. No ese Astolfo, que viene de Moscú.

Clarín.—¿Le han dicho eso a mi padre? ¡Qué falta de respeto!

Soldado 1.—¡Somos leales!

Clarín.—Entonces quedan perdonados.

Soldado 2.—Estás libre, sal y reclama tu reino. ¡Viva Segismundo!

Todos.—¡Viva!

Clarín.—[Piensa.] ¿Dijeron Segismundo? ¡Qué más da! ¡Aquí a todos los príncipes les dicen Segismundo!

[Aparece Segismundo.]

Segismundo.—¿Quién ha dicho mi nombre?

Clarín.—[Habla para sí] ¡Vaya!

Soldado 2.—¿Cuál de ustedes es Segismundo?

Segismundo.—¡Soy yo!

Soldado 2.—¡¿Cómo te atreviste a hacerte pasar por el príncipe?!

Clarín.—¡¿Yo?! Pero si fueron ustedes los que me segismundearon, ¡qué atrevidos!

Soldado 1.—Nuestro señor, nuestro príncipe Segismundo, hemos venido aquí con la buena intención de regresarte a tu trono. Su padre, el rey Basilio, sigue necio en creerle a las predicciones astrológicas. Quiere dejarlo aquí encerrado y quitarle su derecho para dárselo a Astolfo, el duque de Moscú. Le había dado órdenes a la corte, pero el pueblo ya sabe que usted existe y que tiene el derecho natural de ser rey. Nadie en el pueblo quiere que un extranjero lo gobierne. Todos hemos ignorado lo que las predicciones decían de usted, y lo hemos encontrado aquí en la torre para que tome sus armas y regrese al castillo a reclamar su trono. El cruel y villano es el rey Basilio. ¡Salga de aquí! Todo el pueblo lo espera. ¡Es libre! ¡Escuche!

Todos.—¡Viva Segismundo!

Segismundo.—¿Otra vez estoy soñando? ¿Quieren que me ilusione con un sueño así de grande y que el tiempo lo deshaga después? ¿Otra vez quieren que sienta que soy un príncipe, para que luego venga el viento y se lo lleve? ¿Quieren que sienta qué se siente ser poderoso? Esta vez no será así. ¡Me rehúso! De nuevo tengo tanta fortuna, pero sé que la vida que me muestran es tan sólo un sueño. Todos ustedes son solamente sombras y están fingiendo que me aprecian. En realidad mis cinco sentidos han de estar muertos. No quiero que me digan «majestad», sé que no es cierto si sé que al caer la noche se marchitará como las flores; si sé que con un soplo apagarán la llama de este nuevo sueño. Sé bien quiénes son todos ustedes, sé muy bien que solo es un engaño y que no me volverá a suceder. ¡Sé bien que la vida es tan solo un sueño!

Soldado 2.—Si no nos crees, Segismundo, sube a la cima de la torre y observa cómo un pueblo entero te espera para que seas su rey.

Segismundo.—¡No, ni aunque los vea, será cierto! ¡Todo esto es un sueño!

Soldado 2.—Grandes cosas le han esperado siempre, señor. Se anunciaron y ahora puede ver que en los sueños se predijeron.

Segismundo.—Tienes razón. Si realmente lo que anunciaron en el primer sueño es cierto, y como la vida es corta, soñaré otra vez con esta vida, pero lo haré con cuidado. Esta vez escucharé y leeré las señales. Quizás así no me asuste cuando despierte de nuevo en mi celda. Si este sueño ha de ser cierto, entonces ataquemos con todo: ¡Pueblo, les agradezco que sean leales, seré yo quien los libere del reinado de un extranjero! Seré valiente como ustedes y tomaré un arma. A quién atacaré será a mi propio padre, y lo veré rendido. [Habla para sí mismo.] ¡Solo espero no despertar antes!

Todos.—¡Qué viva Segismundo! ¡Viva!

[Aparece Clotaldo]

Clotaldo.—¿Por qué tanto ruido?

Segismundo.—¡Clotaldo!

Clotaldo.—[Habla para sí.] Esperaré a que haga su próximo movimiento.

Clarín.—[Habla para sí.] ¡Lo va a tirar de esta torre!

[Clarín sale corriendo.]

Clotaldo.—¡Caigo a tus pies, estoy listo para morir!

Segismundo.—¡Levántate! Tú eres mi verdadero padre, el único que me ha criado todo este tiempo. A quién le confío todo lo que veo. ¡Ven y dame un abrazo!

Clotaldo.—¿Qué has dicho?

Segismundo.—Sé que esto es un sueño, aún así quiero ser bueno. Porque nada pierdo con ser bueno, aún si estoy soñando.

Clotaldo.—De acuerdo, señor, te creo. Me alegra saber que ser bueno será tu lema. ¡Ve a la guerra!

Por mi parte, no puedo seguirte porque sería contradecir al rey Basilio. Así que te pido que me mates.

Segismundo.—¡Eres un malvado! ¡Traidor! [Habla para sí.] Aunque, prefiero dejarlo vivo porque puede que esta sea la realidad y no un sueño. [Le habla a Clotaldo.] Clotaldo, eres un hombre valiente. Entiendo que debes ser fiel al rey, así que nos veremos en el campo de batalla. ¡Soldados, tomen sus armas!

Clotaldo.—Te lo agradezco, Segismundo.

Segismundo.—¡Vamos por ese reino! A la suerte, le pido que no me despierte antes. Ahora no importa si es sueño o realidad, de igual manera seré bueno. Si es verdad, porque así debe ser, y si es un sueño, será para tener amigos.

[Se retiran hacia el palacio.]

En el palacio

[Aparecen el rey Basilio y Astolfo.]

Basilio.—¿Cómo se detiene el enojo de un caballo salvaje? ¿Cómo se detiene la fuerte corriente de un río que va a parar al océano? ¿Cómo se evita que se caiga la piedra más pesada de la cima de una montaña? Ahora que todos saben la verdad, el pueblo está dividido. Unos gritan «¡Segismundo!»; otros, «¡Astolfo!». Lo que había elegido para el pueblo, ahora tendrá otro fin. El final ahora es peor, habrá muertes y solo esperemos que la suerte esté de nuestro lado.

Astolfo.—Mi rey estaba feliz con la decisión que tomó. Estaba seguro de que yo podría gobernar Polonia, pero hoy Polonia me rechaza. ¡Denme un caballo e iré a poner orden!

[Se retira Astolfo.]

Basilio.—Ya no tiene caso, Astolfo se está arriesgando. No hay nadie que pueda defendernos. ¡Qué dura es la ley! Pensé que con encerrar a Segismundo estaríamos a salvo del peligro, pero el peligro es inevitable y lo único que hice fue agrandarlo. Pensé que cuidaba al pueblo, pero por mi culpa terminará herido.

[Aparece Estrella.]

Estrella.—¡Debes intervenir, señor, sal a las calles y enfrenta tu decisión! Tienes que hacerlo antes de que Polonia nade en sangre. Tu reino está acabado, la situación es muy grave y peligrosa. Todos temen: hasta el sol tiembla y el viento se desvanece, las flores prefieren esconderse, los edificios prefieren derrumbarse y cada soldado se ha vuelto un cadáver.

[Aparece Clotaldo.]

Clotaldo.—¡A penas llego al palacio con vida!
Basilio.—¡Clotaldo, dime qué sabes de Segismundo!
Clotaldo.—El pueblo descubrió la torre y una multitud enojada logró derrumbar una parte para entrar. Encontraron a su príncipe y luego Segismundo se dio una segunda oportunidad para comportarse como el príncipe que debe ser. Le dijo a todos que hará que Polonia sea libre de nuevo.
Basilio.—¡Necesito un caballo! Iré personalmente a vencer a Segismundo, es un hijo malagradecido. Defenderé mi corona y tendré que usar mi espada para terminar lo que la astrología no pudo hacer.

[Se retira Basilio.]

Estrella.—¡Que la diosa de la guerra me bendiga! Tomaré mis armas e iré a vencer a la que está siendo bendecida por la diosa Palas, de la ciencia y de las artes.

[Estrella toma un arma y se retira. Rosaura aparece corriendo para detener a Clotaldo.]

Rosaura.—Sé que quieres ir a luchar, pero necesito que me escuches primero. Vine a este castillo triste y sin ninguna esperanza, y tú fuiste el único que confió en mí y decidió ayudarme. Los celos me trajeron hasta aquí. Estuve disfrazada pero Astolfo ya sabe quién soy y mi honor está en peligro. Te pido que, por favor, mates a Astolfo.

Clotaldo.—Rosaura, bien sabía lo que querías hacer desde el momento en el que te vi llorar. Por eso quise que te disfrazaras para que no te viera Astolfo. Él ha hecho que pierdas tu honor, y he estado pensando cómo hacer que lo pague, incluso con la muerte. ¡Mira qué buena excusa se nos ha presentado! No me importa si muere, él no es mi rey, ni me causa asombro ni admiración. No me atreví a matarlo mientras Segismundo intentaba darle fin a mi vida pero, entonces, Astolfo llegó asustado y luego tomó valor para enfrentar a Segismundo. Él estaba dispuesto a dar la vida por mí. ¿En lugar de estar agradecido debo matarlo? Estoy en medio de ustedes dos porque te tengo mucho cariño,

Rosaura, pero Astolfo me tiene aprecio. No sé a quién serle fiel, ni a quién apoyar. Te prometí ayudarte, pero a él le debo la vida.

Rosaura.—Comprendo tu punto de vista, pero no podías forzar a Astolfo a que decidiera dar la vida por ti. En cambio, conmigo, tú decidiste ayudarme. No te sientas obligado a serle fiel a Astolfo, pues tu obligación es conmigo para defender mi honor, porque es mejor dar que recibir.

Clotaldo.—Uno no sólo debe estar dispuesto a dar, sino también a estar agradecido de quién se recibe sin esperar nada a cambio.

Rosaura.—Tú me has dado la vida, pero reconoces que la vida que me has dado no es la que debí tener. A la fecha no he recibido nada de ti. Así que te toca cumplirme, antes que agradecerle a Astolfo. Si me ayudas, podrás agradecerle a otro ser humano todo lo que quieras.

Clotaldo.—Me has convencido. Primero cumpliré mi palabra, así que haré que no se te culpe por un delito. Le soy leal a este reino, y soy quien te defenderá. Estaré agradecido con Astolfo y te cuidaré como un padre.

Rosaura.—Si fueras mi padre, la que sufriría las consecuencias sería yo. Pero si no reconoces que eres mi padre, no te pasará nada.

Clotaldo.—¿Entonces qué piensas hacer?

Rosaura.—¡Yo misma mataré a Astolfo!

Clotaldo.—¿Pero de dónde has sacado tanto valor si no lo has aprendido de tus padres?

Rosaura.—¡Así es!

Clotaldo.—¿Qué te hace tener tanto valor?

Rosaura.—¡Mi honor!

Clotaldo.—Ten cuidado porque Astolfo…

Rosaura.—No me importa quién sea.

Clotaldo.—…es tu rey, y el esposo de Estrella.

Rosaura.—¡No lo puedo creer!

Clotaldo.—Lo sé, es una locura.

Rosaura.—Pues claro.

Clotaldo.—Entonces toma valor para aceptarlo.

Rosaura.—¡No puedo!

Clotaldo.—De lo contario, no solo perderás el honor sino también la vida.

Rosaura.—¡De acuerdo!

Clotaldo.—¿Qué dices?

Rosaura.—¡Que también he de morir!

Clotaldo.—Escucha, no debes exagerar así.

Rosaura.—No es exageración, es honor.

Clotaldo.—No es honor, es locura.

Rosaura.—Yo le llamo valor.

Clotaldo.—Es no pensar con la cabeza.

Rosaura.—Me mueve el enojo.

Clotaldo.—¿No te da miedo pensar con el corazón?

Rosaura.—¡Para nada!

Clotaldo.—¿Quién te va a ayudar?

Rosaura.—Me tengo a mí misma.

Clotaldo.—¿Qué puedo hacer para que cambies de opinión?

Rosaura.—¡Nada!

Clotaldo.—Antes de actuar, considera que puede haber otra solución.

Rosaura.—Me llevaría a la muerte. ¡No importa que camino tome!

[Rosaura sale.]

Clotaldo.—Si estás lista para morir, yo también, hija mía. ¡Muramos juntos!

[Sale Clotaldo detrás.]

En el campo de batalla

[Los soldados están marchando. Los siguen Clarín y Segismundo, quien sigue vestido con pieles.]

Segismundo.—¡Esta batalla luce igual a los primeros días en que Roma ganó! ¡Qué orgullo! Esta batalla tiene el honor de estar liderada por una bestia sin miedo. Su ejército no tiene nada qué temer. ¡Que nuestro espíritu vuele alto, no pierdan la esperanza aunque yo desvanezca y despierte de este sueño! Lo que suceda ahora será incierto, pero trataré de estar aquí hasta el final.

[Se escucha a Clarín hablar al fondo.]

Clarín.—Veo un caballo a lo lejos y deja una gran nube de polvo, pareciera que brota de la tierra. Se ve que tiene prisa por venir hasta acá, su pecho ha de estar encendido por fuego hasta el alma. Parece que está lleno de ira, es la espuma del océano, el aire sale de él. Parece que reina al fuego, a la tierra, al mar y al viento. Es tan rápido que parece que volara. ¡Segismundo, viene una mujer!

Segismundo.—No puedo ver quién es. Su luz es muy fuerte.

Clarín.—¡Imposible! ¡Es Rosaura!

[Clarín se va.]

Segismundo.—El cielo me ha escuchado y me la ha devuelto a mi lado.

[Aparece Rosaura vestida de soldado, lleva una espada y una daga.]

Rosaura.—Segismundo, su Alteza, el día de hoy luce como un héroe. Los planetas se han alineado para darle fuerzas y elevarlo en brazos entre la naturaleza y las flores, entre los mares y las montañas. Hace que todo en este lugar brille: Polonia se ilumina. Una mujer desdichada como yo, se pone a tus órdenes. En esta vida me toca sufrir doble, ambas razones serían excusa para que un hombre la proteja. Pero contigo, ni tres veces son suficientes. Las tres veces me has visto disfrazada. La primera vez pensaste que yo era un hombre, me viste mientras estabas en la prisión. La segunda vez me viste disfrazada como otra mujer, me admiraste por esa condición y deseo. Esta es la tercera vez, y mezclo mi armadura de hombre con mi rostro de mujer. Quiero que sepas la verdad y escuches cómo terminé en esta desgracia.

Vengo de Moscú, mi madre pertenecía a la corte, dicen que era la más hermosa. Un hombre la traicionó, no sé cómo se llama. Nací sin ser reconocida, pero eso no me quitó el valor.

Desde pequeña me dijeron que estaba loca y que era poco amable. Así como Zeus sedujo a muchas mujeres, disfrazado de verdad, así mi supuesto padre engañó a mi madre. A pesar de ser una mujer hermosa, mi madre vivió el resto de su vida infeliz. Aunque el tipo era un cruel, ella siempre mantuvo su palabra de esperarlo. Él nunca regresó por ella pero dejó esta espada que ahora sostengo. Vengo, entonces, de un mal matrimonio. Soy una copia de mi madre, sin la hermosura por supuesto, ni su bondad. Esperaba una fortuna, esperaba un mejor futuro: se me prometió tenerlo. Pero tengo que decirte que toda la fortuna se me arrebató. Te puedo decir que el culpable de todo es Astolfo. Por su culpa me he quedado sin nada, ni mi honor. Astolfo se olvidó de mí, incluso de que me amaba, porque prefirió venir a Polonia para obtener una mayor riqueza e incluso aceptó casarse con Estrella. ¡¿Quién iba a pensar que así como una estrella une a dos amantes en la noche, otra Estrella los separaría?! Me quedé en Moscú abandonada, sola, triste y loca. Mi propia vida prendió fuego. Me quedé callada, sufriendo. La única que supo de mis desgracias fue mi madre. Le conté todo con detalles y ella escuchó. Luego de contarle toda la historia, me consoló con el ejemplo de su propia vida. Me perdonó y me ordenó que me armara de valor y que, disfrazada, viniera hasta Polonia para exigir que se me devolviera el honor perdido. Antes de irme, mi madre descolgó esta espada y me la dio para defenderme. Yo confié en sus palabras: «Ve a Polonia y llega a la realeza vestida con estas prendas. Así te creerán que perteneces al reino y más de alguien te dará apoyo para que cumplas tu meta».

Cuando llegué a Polonia, mi madre tenía razón, pero antes ya sabemos qué pasó. Un tonto llamado Clarín me llevó a tu cueva donde me viste asombrado. Para no alargar la historia, Clotaldo me encontró y me quiso llevar al rey para que me matara por haber entrado a la torre prohibida. El rey cambia de idea y pide que me cambien mi disfraz, y que me vistan para que ayude a Estrella. Fue una ventaja ayudar a Estrella porque desde ahí pude arruinar el amor que le tenía a Astolfo. Ahora me ves aquí y estás confundido. He venido a pedirte que interrumpas el casamiento de Astolfo con Estrella porque a Clotaldo no le importa lo que yo siento. Le interesa que esos dos se casen para ser reyes. No quiere que yo revele el pasado de Astolfo. Así que he venido a pedirte ayuda porque eres muy valiente. Ya quieres vengarte de la prisión que te tuvo encerrado por tantos años. Nos has dado a todos esperanza porque saliste de esas rocas como una bestia y has logrado que las armas ataquen a su propio rey.

Quiero ayudarte y pelear a tu lado con mi atuendo de mujer y de hombre mezclados. Entre finas telas y aceros, vamos a impedir que esa boda se lleve a cabo. Impediré que se case aquel que dice ser mi esposo y tú impedirás que dos estados se unan. Como mujer vengo a convencerte de que ayudes a defender mi honor y, como hombre, te vengo a dar apoyo para que reclames lo que te pertenece. Como mujer vengo a rendirme a tus pies, como hombre estoy a tus órdenes para ayudar a tu pueblo. Como mujer vengo para que me quites esta tristeza que cargo y como hombre te ayudaré con mi espada. Si quieres conquistarme, por ser mujer, como hombre te responderé con mi espada en defensa de mi honor.

Segismundo.—[Habla para sí.] ¡Vaya, si este es un sueño, quiero tomarme una pausa porque no puedo con todo lo que me está pasando! En un sueño no hay espacio para tantos acontecimientos. ¡Ojalá supiera alguien decirme cómo salir de una vez por todas de la vida y del sueño! No quiero pensar en ninguna de las dos. ¿Cómo dudar de esta realidad si esta mujer viene a confirmar todas las señales? Por lo visto, no fue un sueño y si lo fue, se tienen que aclarar algunos malos entendidos. ¿Cómo se atreven a decirle sueño a mi vida? La gloria para muchos, es tan grande que parece un sueño. Tanta es la gloria que no se le cree como cierta y hay glorias que, en lugar de sueño, no son más que mentiras. Lo único que nos queda es mantenernos fieles a la verdad y atacar a la mentira. ¡Esta es la oportunidad para hacerlo! La falsa gloria y el falso poder se tienen que derribar. Rosaura está dispuesta a ayudarme, es tan hermosa, esta ocasión también la tengo que aprovechar. Con valor y confianza romperé leyes terrenales para ganarme su amor. Aunque sea realidad, seguiré viviendo este hermoso sueño lleno de oportunidades. No quiero más tarde despertar y no haber hecho nada. ¡Aún no creo que esta sea mi vida! ¡Al único que sigo convenciendo es a mí mismo! Ya sea un sueño o suerte, Rosaura está esperando que como príncipe recupere su honor. Es mi deber darle de regreso lo que pide. ¡Dios! Espero ser digno de que sea yo quién reclame ese honor. Debo conquistarla, antes de ser rey. [Le habla a un soldado] ¡Es hora de ir a la batalla! ¡Venzamos antes de que se esconda el sol!

Rosaura.—¿Esa es tu respuesta? ¿Nada de lo que te he dicho te ha importado? ¿No me darás unas palabras de consuelo? ¿Ni siquiera me has visto, ni me has escuchado? ¿No me quieres dar la cara?

Segismundo.—Rosaura, me importa tu honor. No te dirijo la palabra porque quiero que mi honor le responda al tuyo. No te quiero hablar porque prefiero que veas mis acciones. No te quiero ver porque respeto tu honor y si te viera, no dejaría de observarte por lo hermosa que eres.

[Se va Segismundo.]

Rosaura.—¿Pero qué clase de respuesta es esa? ¡Aún así, no confío en él!

[Aparece Clarín.]

Clarín.—¡Qué bueno verte, Rosaura!
Rosaura.—¡Clarín! ¿Dónde te habías metido?
Clarín.—Me habían encerrado en la torre donde estaba Segismundo, y ya estaba pensando en todas las maneras de morir ahí encerrado cuando, de repente, mi destino dio un giro y pude salir.
Rosaura.—¿Por qué estabas encerrado?
Clarín.—Porque sé quién eres realmente, Rosaura.

[Dentro del castillo se escuchan ruidos.]

Clotaldo.—¡¿Qué es ese ruido?!
Rosaura.—¿Qué será?
Clarín.—Es el ejército del rey, viene a pelear contra Segismundo.
Rosaura.—¿Por qué me da miedo estar aquí si nadie en este momento se va asombrar de mi vida? En este momento lo que se tiene que defender es la ley que está siendo amenazada por el mismo rey.

[Sale Rosaura y se escuchan voces dentro del palacio.]

Unos.—¡Qué viva el rey!

Otros.—¡Qué viva la libertad!

Clarín.—¡Que vivan los dos! Que los dos existan, si yo nada gano de que uno u otro gane o que queden juntos. ¡Ya nada me asusta en este día! Seré como Nerón, que aunque su pueblo ardía en llamas, nada le impedía seguir tocando la lira. Del único que me voy a preocupar es de mí, así que me esconderé. Desde mi escondite seré testigo de cómo se matan unos a otros. Subiré por estas piedras y, entre ellas, nadie me podrá ver. Si muero subiendo, ya no importa.

[Clarín se esconde mientras se escuchan armas. Mientras todos están peleando, el rey Basilio, Clotaldo y Astolfo salen corriendo.]

Basilio.—¿Puede alguien sufrir más que yo? ¡Soy un padre que huye de su hijo!

Clotaldo.—Tus hombres han sido atacados sin piedad.

Astolfo.—Ellos han ganado. ¡Son unos traidores!

Basilio.—La historia dirá lo contrario. Cuando ellos ganan se les llama vencedores, y seremos nosotros los traidores. Salgamos de aquí, Clotaldo, tenemos que huir de un hijo cruel.

[Adentro se escuchan disparos y cae Clarín herido.]

Clarín.—¡Oh, por Dios!

Astolfo.—¿Quién es este pobre soldado herido?

Clarín.—No soy un soldado, solo soy un hombre con mala suerte. Estaba huyendo de la batalla por miedo a morir y lo único que hice fue buscarla más rápido. ¡No se escondan entre las rocas, busquen otro lugar que no sea esta montaña! Ningún lugar es seguro por más que huyan; si el destino ha escrito que hoy han de morir, así será.

[Clarín cae.]

Basilio.—«Si el destino ha escrito que hoy han de morir, así será»: ¡Qué consuelo! Él presiente lo que nos pasará. El joven soldado solo nos recuerda que estamos negando la muerte inmediata. Como rey quise librar a mi pueblo de la muerte, pero aquí están tomando posesión del reino, aunque intenté que no fuera así.

Clotaldo.—Aunque el destino nos ofrezca alternativas para huir, si sabe cuál es el destino de cada uno de nosotros, aunque nos escondamos entre esas rocas, no tendremos otra opción.

Astolfo.—Clotaldo, escucha, con todo respeto, aunque sea más joven quiero decirles que sí existe una alternativa a nuestro destino. Detrás de las ramas de ese monte hay un caballo. Es uno de los caballos más veloces del reino. Te pido que, por favor, subas en él y huyas con el rey lo más pronto posible. Yo haré tiempo aquí luchando.

Basilio.—¡Si Dios quiere que muera hoy, aquí estaré preparado para recibir la muerte y verle la cara!

[Segismundo sale acompañado de su ejército.]

Segismundo.—El rey está escondido entre esos arbustos. ¡Encuéntrenlo! Registren bien el área, quiero que revisen rama por rama.

Clotaldo.—¡Huye!

Basilio.—¿De qué sirve que salga corriendo?

Astolfo.—¿Qué crees que haces?

Basilio.—Astolfo, hazte a un lado.

Clotaldo.—¿Qué buscas?

Basilio.—Terminar un asunto pendiente. [Le habla a Segismundo.] ¡Aquí estoy, Segismundo, sé que me estás buscando! Pongo estas canas como alfombra de nieve para tus pies. Tomarás mi corona, mi respeto y mi valor para vengarte. Todo lo que estás haciendo, sólo afirma lo que la astrología dijo de ti.

Segismundo.—¡Señores del reino de Polonia, escuchen a su príncipe Segismundo! Les hablo para recordarles que mi condición de príncipe está dictada por la máxima ley que viene del cielo, fue Dios mismo quién escribió sobre un manto azul con letras doradas cuál era mi destino; no la astrología. Mi padre, que me imagino me ha de estar escuchando, cometió el error de encerrarme, por él soy una bestia. Si yo me hubiera quedado en este reino, sería otro ser humano

más amable y más culto. Hubiera aprendido
de las costumbres de este pueblo sin ningún
problema. Si a un ser humano le advierten que
una bestia lo va a atacar, ¿elegirían despertar a
esa bestia mientras duerme? Si les dicen que la
espada que llevan puesta, es la misma espada
que los matará, ¿se la quitarían del cinturón
para llevarla sobre el pecho? Si les dijeran
que van a morir ahogados, ¿harían un viaje en
barco? A todo ser humano advertido, le pasa lo
mismo. Aunque uno fuera atacado por bestias,
otro por una espada y otro por el océano, aunque existiera tal predicción, no se defendería
infringiendo la ley ni con venganza. Si se de-
fiende cometiendo ilegalidades o vengándose,
se termina por incrementar la desgracia. Si un
ser humano se entera que le harán daño, primero analiza cómo prevenirlo en lugar de esconderlo. ¡Que el pueblo entero vea mi vida como
un ejemplo de cómo una predicción astroló-
gica puede arrastrar a un pueblo entero a una
desgracia, de cómo su rey está aquí tirado! El
cielo lo ha castigado, porque quiso interrumpir
algo escrito por el cielo pero no pudo lograrlo.
Yo soy más joven, ¿podré vencer las predicciones astrológicas? Señor, levántate y permite
que sea yo quien me ponga a tus pies para que
te des cuenta que te has equivocado. Aún así te
permito que seas tú quien cobre su venganza y
me mate.

Basilio.—¡Segismundo! Me has sorprendido con tus acciones. Tú eres el vencedor y aún así me perdonas la vida. Eres un príncipe, pero no por mucho tiempo porque te entrego mi corona.

Todos.—¡Qué viva el rey Segismundo!

Segismundo.—¡Podré tener más victorias en el futuro, pero la mayor de todas es la de hoy porque pude vencerme a mí mismo! Astolfo debe reponer el honor de Rosaura, tengo que hacer que cumpla como lo he prometido.

Astolfo.—Es cierto que yo le debo pedir la mano a Rosaura. Aunque sea mi obligación, sería una desgracia casarme con ella porque no pertenece a la realeza.

Clotaldo.—¡No digas eso! Rosaura es igual de noble que tú: ¡te reto con mi espada para defender su honor pues es mi hija!

Astolfo.—¿Qué dijiste?

Clotaldo.—Yo no quise reconocer antes que era mi hija, por lo menos hasta que tuviera con quien casarse, y que fuera alguien de la realeza. La historia es bastante larga pero, en resumen, Rosaura es mi hija.

Astolfo.—Si es así, entonces cumpliré la palabra de casarme con Rosaura.

Segismundo.—Estrella no se quedará sola, yo pediré su mano; así siempre gozará de una gran fortuna y atenciones.

Estrella.—Es mejor así, al final soy yo quién gana.

Segismundo.—Clotaldo, has sido leal a mi padre hasta el día de hoy. Te mereces un abrazo y haré cualquier cosa que me pidas.

Soldado 1.—¿Qué hay de mí? Yo fui quien organizó todo para irte a liberar a la torre. ¿No me darás algo a cambio?

Segismundo.—A ti, que traicionates al rey Basilio para beneficio propio, te daré mi torre: no saldrás jamás de ella. Varios guardias te cuidarán hasta el último de tus días pues no puedo confiar en un plebeyo que haya traicionado a su rey.

Basilio.—¡Todos te admiramos!

Astolfo.—¡Cómo ha cambiado Segismundo!

Rosaura.—¡Qué rey tan discreto y prudente!

Segismundo.—¿A ustedes que los motiva? ¿Qué los asusta? Yo aprendí tanto de un sueño que, a la fecha, tengo miedo y sigo al pendiente de despertar. Tengo miedo de despertar y encontrarme en la celda de la torre. Mientras ese día llegue, disfrutaré de este sueño porque en él he aprendido que puedo tener todo lo que un ser humano desea. Mientras esté aquí con ustedes, quiero pedirles perdón por las faltas que cometí. Sé muy bien que todos ustedes son bondadosos, de corazón noble, y que les resultará natural perdonar.

Fin

Evaluación

El lector o alumno puede acceder a la evaluación en línea con este código:

Use cualquier aplicación que lea códigos QR para escanear el enlace.

Nota: Recorte esta parte para evitar que el alumno descargue la evaluación del docente.

El docente o padre de familia cuenta con una evaluación de comprensión lectora diseñada según los estándares educativos internacionales que puede imprimir, fotocopiar y aplicar libremente. Además, encontrará al final de la descarga una clave de respuestas. Las competencias evaluadas son estas:

- **Interpretativa:** Comprueba si el lector entendió lo que literalmente dice el texto.
- **Argumentativa:** Evalúa si el lector comprendió la intención del autor (lo que este intentó decir) y si puede crear algo nuevo con la información obtenida.
- **Propositiva:** Aborda la interacción del lector con el texto y cómo puede usarlo en su vida cotidiana.

El docente o padre de familia puede acceder a la evaluación descargable con este código:

Use cualquier aplicación que lea códigos QR para escanear el enlace.

Otros títulos

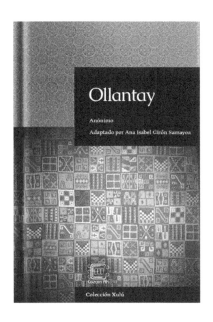

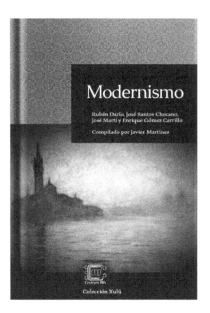

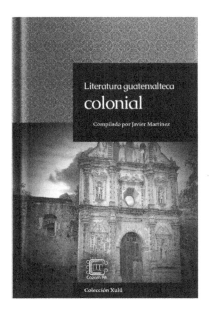

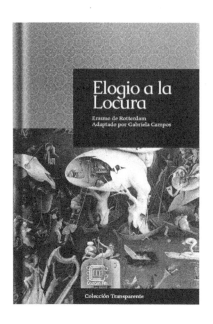

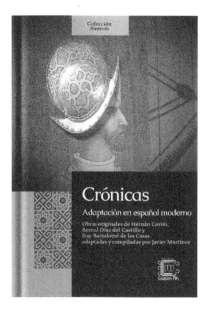

Made in United States
Orlando, FL
03 October 2022

22944508R00054